Les matous d'Osiris

Collection dirigée par
Christian Poslaniec

ISBN : 2-84113-540-3

Pierre Coran

Les matous d'Osiris

Illustrations de
Christian Guibbaud

Milan

Pierre Coran (cent quatre-vingt-huit centimètres sous la toise) voulait faire carrière à la police judiciaire. Sa passion pour l'enfance l'emporta sur son attrait pour le commissaire Maigret, et il choisit d'être maître d'école.

Aujourd'hui, Pierre Coran vit à l'orée d'une forêt, non loin de Mons, dans le Hainaut belge. Il partage son temps entre l'écriture et l'animation en milieu scolaire, les salons du livre.

Il est l'auteur de nombreux albums de poèmes et comptines (*Direlire*, Casterman ; *Printemps d'artistes*, L'École des loisirs), de romans (*Le cœur andalou*, Hachette ; *La peau des autres*, Casterman-Travelling). Chez Milan (Zanzibar), il a publié un policier, *Terminus Odéon*, et la trilogie *Le commando des Pièces-à-Trous*, *La fronde à bretelles*, *La nuit des Pélicans*. Le succès de cette trilogie en Belgique a popularisé l'école de son enfance au point de la sauver de la démolition. Restaurée en maison culturelle, elle a été baptisée Les Pièces-à-Trous.

Le poète est le lauréat du premier grand prix de poésie pour la jeunesse. *Jaffabules*, le recueil primé, est paru au Livre de poche.

Christian Guibbaud est né en 1962 à Castres, un samedi à 4 heures 30 de l'après-midi. Depuis, tous les jours à la même heure, une question lui revient : pourquoi Castres, un samedi à 4 heures 30 de l'après-midi ? Alors il dessine, ça le calme.

À Aurélien

1

Agamemnon est mort.

Andreopoulos, le propriétaire de l'immeuble Osiris, l'a découvert au fond du vide-ordures en compagnie d'Iphigénie et Ptolémée. Tous trois avaient la langue tranchée, le ventre ouvert, le cœur ôté.

Triste fin pour trois lauréats de concours de beauté !

Agamemnon est regretté du rez-de-chaussée aux combles.

Normal !

L'angora était propre et si affectueux qu'il léchait tout et tout le monde.

La fin de Ptolémée fut accueillie avec soulagement par les occupants de l'immeuble : le siamois crottait partout.

Personne ne pleure Iphigénie : dès la nuit tombée, la chatte sans queue de l'île de Man miaulait aux étoiles avec une voix de scie musicale.

Hier, Dorothée Harvet, leur maîtresse, a déposé plainte contre X. Logique ! Perdre trois chats avec pedigree et palmarès, ça vous brise le cœur et le compte en banque.

Ce matin, le patron a décrété que l'affaire des matous d'Osiris revenait de droit au petit nouveau, Charles-Hubert.

Charles-Hubert, c'est moi.

À la PJ, je suis nouveau, certes, mais nullement petit. Sous la toise du commissariat, j'accuse cent quatre-vingt-huit centimètres de haut, sans chaussures ni chaussettes.

Comme tout flic, je rêve d'une enquête criminelle survoltant les médias, d'un mystère qui fait haleter l'opinion publique comme un bouledogue en rut. Et me voici, incognito, à la veille du week-end, devant l'immeuble Osiris à la recherche d'un éventreur de minous.

La gloire !

❍

Hier soir, au dîner, mon frère Charles-Hubert m'a vexé. Je lui ai proposé une idée dans l'affaire des matous d'Osiris, sa première enquête. Mais Charles-Hubert m'a répondu avec son ton d'inspecteur à peine sorti de l'œuf :

— Ne dis pas de sottise, Aurélien. À ton âge, pendant les vacances, on suit les séries bidon à la télé, on joue aux gendarmes et aux voleurs. On ne se mêle pas des affaires de ceux qui pensent.

Il a gigoté dans son costume trois-pièces et il est sorti de table avec la suffisance d'un pharaon de pyramide.

À l'école, les chapardeurs de stylos, de tartines, les pique-billes, les pince-filles, les rapporteurs, je suis souvent le premier à les démasquer.

L'inspecteur frangin me mésestime. Il a tort. Je découvrirai avant lui le tueur de matous.

2

Cinq interrogatoires, du trottoir à la corniche, et déjà cinq coupables possibles.

Surprenant !

Les quatre locataires et le propriétaire ont joué ou jouent du couteau.

Andreopoulos qui se dit grec sans l'être occupe le rez-de-chaussée. Avant d'acquérir l'immeuble, il était lanceur de rasoirs dans un cabaret de nuit. En un seul trajet, ce géant est capable de monter quatre cageots de patates quand l'ascenseur se montre plus buté qu'un bourricot. Il porte une bague à chaque doigt, sauf au majeur droit.

La locataire du premier, Mariëchen Völler, d'origine luxembourgeoise, décapite, éventre, découpe à longueur de marché, au coutelas ou à la hachette, des loups, des saumons, des limandes, des solettes. Elle est poissonnière aux Halles. Cette femme énergique, au tempérament sanguin, avoue une passion pour la musique classique et surtout pour Wagner.

Tchang, le Chinois du deuxième, est cuistot à *La Grande Muraille.* L'homme semble pacifique et peu concerné par le drame.

Dorothée vit au troisième. Elle est infirmière en salle d'op. Sa passion pour les chats racés date de l'enfance.

Enfin, perché au quatrième, il reste Séraphin Courtois, un philatéliste. Il gavait les chats de friandises si bien qu'Iphigénie, Agamemnon et Ptolémée prenaient plaisir à se rendre chez lui sans y être invités. L'homme, à ce qu'il paraît, porte ses nom et prénom à merveille. N'empêche qu'avant sa retraite, Courtois gérait une coutellerie.

Si le tueur habite l'immeuble, ce qui est probable, il aurait dû se débarrasser des cadavres en les enterrant ou en les fourrant, ni vu ni connu, dans une poubelle de rue. Il ne l'a pas fait. Sans doute avec préméditation. Et dès lors, quel est son mobile ?

Une certitude : les trois victimes ne sortaient jamais de l'Osiris. La rue les apeurait.

Une complication : comme tous les occupants sont veufs ou célibataires, pas d'entourage pour les contredire.

Ce midi, le commissaire qui passait s'est informé :

— Où en est l'affaire des matous ?

J'ai dit :

— L'affaire est bizarre.

Le patron a beuglé en singeant une voix de fausset :

— Bizarre, vous avez dit bizarre ?

Les autres ont pouffé.

Lamentable !

Même si je dois les boucler, toutes et tous, je saurai qui a massacré les mistigris.

Sur les détails de l'affaire, j'en sais presque autant que Charles-Hubert. Du potage au dessert, il s'interroge, il évalue. En réalité, mon grand frère suspecte tout le monde et personne.

Il suppute. Moi, j'agis.

La Momie va me servir d'appât. C'est une miauleuse infatigable qui dort, roulée dans du papier listing, entre les poubelles d'Informex, un bureau du quartier.

Mon plan est précis.

J'introduis la vagabonde dans l'immeuble Osiris. Elle gratte aux portes, miaule à l'aise.

Le tueur l'entend.

Aubaine ! un matou de plus à éventrer.

Dès que l'assassin bondit, j'interviens. Coup de filet et flagrant délit !

Pour suivre la chatte à la trace, un des porte-clés de mon père fera l'affaire, celui qui résonne à distance. Je l'accroche à un collier antipuces et le tour est joué.

Il me reste à convaincre La Momie.

3

Inespéré !

Ma première enquête ne laisse pas ma famille indifférente. Même Aurélien, tout boutonneux qu'il soit, s'enflamme pour les matous d'Osiris. Il est à l'affût de la moindre péripétie, m'interroge, prend des notes.

Un futur inspecteur ? Par admiration pour son grand frère ? C'est concevable.

À la PJ, l'ironie se tempère. L'affaire démarre.

Une voix contrefaite a révélé au commissariat que le vieux du quatrième était trop affecté par la disparition des chats pour ne pas être, de près ou de loin, impliqué dans leur assassinat. Dimanche matin, le philatéliste ne s'est pas rendu à la banque des échanges où se monnaient les timbres rares. Une telle absence est estimée inhabituelle. La voix a ajouté : « Ouvrez l'œil ! Il doit y avoir un trafic là-dessous. »

Qui a intérêt à mouiller Courtois ?

Faut-il expliquer son affliction par le remords ?

Séraphin : un receleur de timbres volés ? Soit, mais comment lier ce recel à la langue coupée d'Agamemnon, Iphigénie et Ptolémée ?

Une planque s'impose.

O

Nous y sommes, La Momie et moi.

La porte du garage de l'Osiris, au sous-sol, s'ouvre électroniquement.

Il me suffit d'attendre.

La chatte bâille aux moineaux. Je lui ai passé le collier autour du cou. Elle n'est pas contrariante, La Momie. Quelques tranches de salami suffisent pour l'emmener au bout de la planète.

Un client !

Le garage souterrain bâille, lui aussi.

Action !

Je rampe le long du muret. La chatte me suit, pattes de soie sur l'herbe mouillée.

Une voiture sort, anonyme.

Déjà, la porte automatique se referme, lentement.

Hop ! je roule dessous, la chatte entre les bras, avec une agilité de rugbyman.

Essai réussi !.. enfin presque. Ma lampe de poche a mis les bouts.

Le noir est total.

Je tâte le vide, à l'aveuglette.

Un pas, deux. Trois…

— Hôôô !

J'aurais voulu ne pas m'étaler. Les vrais aventuriers voient dans la nuit et ne chutent jamais. Mais il y a eu ce fichu pneu que j'ai pris pour une marche d'escalier.

Désolé, ô fan club !

La Momie miaule doucement comme si elle se gaussait de ma bobine.

Un bouton lumineux.

Ouf ! de la lumière !

Une rampe.

Allons-y. Nous voici dans l'entrée.

Un escalier double l'ascenseur. La chatte l'emprunte à toutes pattes.

Je la suis. À distance. Orteils de velours, je gravis les marches.

Le palier du premier.

Une porte entrouverte. Sous la sonnette, le nom de la locataire : Mariëchen Völler.

Un cri !

Un cri de femme ! J'actionne le signal. Le bip répond. La Momie est ici.

Je pousse la porte sans réfléchir et me trouve soudain nez à nez avec une grosse dame qui, d'une main, brandit un couteau et, de l'autre, tient La Momie par la peau du cou.

— Lâchez cette chatte !

La Momie a l'air aussi penaude qu'un judoka ceinture blanche face à un karatéka.

— Qui es-tu, toi ? réplique la musclée avec un fort accent germanique.

Je grogne :

— Cet animal m'appartient. J'aimerais autant le ramener en un seul morceau.

La dame rit, dépose La Momie qui détale.

— Cette petite pleurait devant ma porte, explique la Mariëchen. La pauvre paraissait affamée. Le temps d'aller lui chercher un bol de lait et la vilaine saute sur la table et vole mon dîner.

La dame attrape un homard et l'ébouillante dans la cuisine.

Brusquement, c'est le noir.

Mariëchen fulmine.

Le néon se rallume, s'éteint, se rallume.

— Voilà des jours qu'on attend un réparateur, se plaint la grosse en surveillant son crustacé.

J'essaie de la cuisiner. Pas facile !

— Tous ces chats assassinés ! Quelle affreuse histoire ! finit-elle par dire.

La poissonnière me propose de partager son repas.

Sympa ! Je refuse poliment.

Elle découpe le homard, s'arrête, couteau levé, et me souffle, tout à coup sournoise :
— Au deuxième, il y a le Chinois. Ces gens-là sourient tout le temps mais ils sont cruels. Si ! si !.. Il paraît qu'ils arrachent les langues des chats et les mangent avec les viscères.
— Cruels ? C'est vite dit, répliqué-je. Les marchandes de poissons qui jettent des homards vivants dans de l'eau bouillante sont tout aussi cruelles, non ?

Et toc ! Elle me fourre dehors et claque la porte.

Assez d'émotion pour ce soir.

La Momie m'attend au rez-de-chaussée.

L'ascenseur s'annonce.

Aïe ! J'empoigne La Momie et me colle aux boîtes aux lettres.

Une dame sort de la cage, marque un temps d'arrêt, inspecte son sac.

M'a-t-elle aperçu ?

L'inconnue franchit la porte.

Je me glisse derrière elle.

L'air libre ! Enfin.

Aïe ! Aïe ! Aïe ! Quelqu'un.

La Momie cavale.

Mais c'est lui : l'incorruptible.

Il faut jouer serré.

Filons !

4

Saisissant !

Je me blottis dans la haie de lauriers-cerises qui jouxte l'Osiris.

Le soir rosit les tours qui découpent un ciel tourmenté.

Seuls les premier, troisième et quatrième étages sont éclairés.

Presque tout de suite, un cri monte de l'immeuble. Puis une voix, celle de la poissonnière. En colère. Et des miaulements.

Des miaulements dans un immeuble sans chat ?

J'hésite.

Foncer chez la sanguine ? Difficile de franchir le seuil sans carte informatisée.

Le troisième s'est éteint.

Je patiente.

La porte s'ouvre. L'infirmière apparaît, élégante, jolie. Elle s'éloigne, tout à coup pressée.

Une ombre !

Quelqu'un, dans le sillage de Dorothée, sort en coup de vent de l'immeuble.

Bizarre !

Je me découvre.

L'ombre détale en me voyant. L'inconnu est de petite taille. Ce ne peut être Tchang. À cette heure, le cuistot de *La Grande Muraille* dore des nems, grille des langoustines et laque du canard.

Alors qui ?

Sûrement pas le faux Grec ! Andreopoulos n'a rien d'un fluet. Séraphin ? Il n'a plus la souplesse du fuyard.

Où Dorothée se rend-elle à cette heure ? À l'hôpital ?

Je vais la suivre. Discrètement.

❍

Charles-Hubert n'a pas daigné me poursuivre.

Pourquoi préfère-t-il filer l'inconnue ?

Qui peut-elle être ? Une visiteuse ? La maîtresse des matous sans langue ?

Je les suis.

À chacun sa filature !

❍

Le bus.

Dorothée s'assied à l'avant.

Je me poste au milieu, me recroqueville.

❍

Le bus !

Vite ! J'y monte. À l'arrière. Juste après Charles-Hubert.

Le véhicule est bondé. Ma chance !

Si l'inspecteur frangin me repère, je lui mens.

❍

Un arrêt !.. deux. D'autres.

Dorothée me tourne le dos. Elle lit.

❍

L'inconnue lisait debout. Elle vient de refermer le magazine. Le prochain arrêt est le bon. Charles-Hubert s'agite. Il a compris.

❍

Le bus stoppe. Dorothée en sort, marche sans se retourner.

Rue du Lévrier.

Dorothée court.

Il est vrai que le vent monte comme si brusquement la nuit voulait briser sa tiédeur.

Rue Robespierre.

Une ondée cingle les visages.

Îlot du Cèdre-Blanc.

Dorothée s'y engouffre. Elle pénètre dans la maison la plus proche du cèdre. Au 11.

Sous le hublot grillagé de la porte, une plaque de cuivre et une inscription en lettres orientales : *Fondation Soliman.*

Pas de parlophone. Un simple poussoir.

Des pas.

Je me dissimule derrière le cèdre.

Un couple s'approche, s'arrête devant le 11.

L'homme presse le bouton.

Le hublot s'éclaire.

La femme chuchote un mot. C'est le sésame.

La femme entre, l'homme repart.

J'aurais dû tendre l'oreille. Mais avec ce vent qui zézaye dans les branches, ce n'est pas commode.

Un mur sépare le 11 du 13. Sur son sommet s'épanche une glycine. Le franchir sans aide serait malaisé.

Je patiente.

D'autres pas. D'autres chuchotements. Et la pluie qui reprend.

Le coup de pot, si j'ose dire : un demi-sourd claironne le mot de passe :

— Aménophis.

L'îlot est à présent désert.

Je presse le bouton.

Le hublot s'anime.

— Aménophis.

La porte s'ouvre. J'entre.

Fin de piste !

Mon frère est entré au 11 de l'îlot du Cèdre-Blanc. Y pénétrer à sa suite est exclu. Faire le mur en m'agrippant à la glycine ? Peut-être mais qu'y gagnerai-je ? Ou Charles-Hubert me découvre et désormais, quoi que je lui dise, vérité ou mensonge, il se méfiera. Ou quelqu'un me tombe sur le dos et ma violation de domicile risque, par ricochet, de contrarier l'enquête.

En plus, il se fait tard.

Je suis trempé et dois avoir l'air aussi affligé que la glycine.

Que décider ?

Tant pis ! Je reviendrai demain.

Le hall est parfumé à l'encens.

Au-dessus d'un comptoir, derrière une vitrine, sont exposés des tarots, des livres, des cartes à jouer, des pendules.

Un éphèbe en boubou turquoise me prie de compléter la page d'un registre ouvert. J'y note le nom d'un oncle, le prénom de mon frère, l'adresse de mon coiffeur.

— Monsieur est nouveau ?

J'opine.

— Monsieur oublie de noter son parrainage.

Coincé !

Un éclair. J'écris le nom de Dorothée.

L'autre sourit. Il me remet une sorte de surplis que j'enfile.

— Ici, la discrétion est absolue, monsieur. Sans elle, pas de concentration optimale.

Le blondinet me tend un loup blanc à bavette que je me place sur les yeux.

— Les esprits, monsieur, n'ont pas de visage.

Mon guide entrouvre un rideau ocre, m'invite à le franchir. Ce que je fais.

Dans la pénombre du salon où brillent quelques bougies, il règne un silence de sépulcre.

Autour de trois tables, des loups blancs sont assis. Pas une tête n'a bougé à mon entrée.

Je m'assieds à une table.

Comme les autres, je plaque les mains à plat sur le bois, paumes en l'air, et demeure immobile puisque c'est la règle.

Impossible d'identifier Dorothée ! La curiosité ne semble pas de mise.

Trois projecteurs faiblement éclairés sont braqués sur le rideau d'une minuscule scène comme on en voit, en ville, dans les petits théâtres.

Un encensoir fume.

Je songe au patron, aux collègues goguenards qui me plaisantent. Ce matin encore, l'un d'eux a cru original d'écrire sur le tableau des suggestions : « Comment chat va ? » En dessous, une autre main a ajouté : « Alors, chat vient ? »

De l'humour de commissariat !

Qu'est-ce que ce serait s'ils me voyaient attablé parmi des gugusses masqués, plus raides que les statues de l'île de Pâques ?

Un coup de gong.

Les projecteurs s'allument pleins feux : un bleuâtre, un jaunâtre, un rougeâtre.

Un second coup de gong !

Une silhouette voilée apparaît sur la scène. Les mains jointes à hauteur du menton, elle clame :

— C'est l'heure où l'au-delà s'éclaire, où les âmes mortes revivent aux antipodes.

C'est la voix de Dorothée.

Les loups blancs répètent l'incantation ringarde sans hésitation aucune. Tous des habitués !

Un nouveau coup de gong. Le rideau de scène s'ouvre et dans un halo bleu s'inscrit un chat cafre, momifié, le chat sacré des Égyptiens.

Dorothée annonce :

— Maître Soliman.

Les spirites se lèvent, par déférence.

Dorothée s'efface, et un géant vêtu de noir s'avance.

Le médium porte un masque vénitien. Ses bras forment une croix sur le tissu ample de la blouse. Ses mains gantées de blanc sont larges, fortes.

Soliman se fige.

Un silence s'installe qui me paraît interminable.

Sans doute, les loups sont-ils en train d'évoquer les esprits ?

La table a bougé. Elle vibre, commence à tourner. Elle tourne. Il doit y avoir un subterfuge.

Je sue sous mon loup.

À la seconde monte une mélopée. Mes voisins musent, en rythme, paumes sur le bois. Les bustes tanguent, tanguent.

Des bruits, des bruits semblables à des coups de canne résonnent quelque part.

L'esprit frappeur !

Les loups continuent de muser.

J'ai envie d'applaudir le zozo qui tapote la canne à l'étage du dessus, de me lever et déclarer : « Bien joué, les gars, et maintenant, assez plaisanté, on fait sauter son loup et on va boire un pot. »

Mais personne, visiblement, n'a envie de se déconcentrer.

Et ça dure !

Le gong ! Enfin.

Des loups se relâchent. Certains semblent épuisés, d'autres dans un état proche de la béatitude.

Soliman se dégante et tend vers l'assistance des mains qui se veulent apaisantes. Oh ! il porte une bague à chaque doigt, sauf au majeur droit.

Andreopoulos ! Je m'en doutais.

Les projecteurs s'éteignent.

Déjà, le médium s'éloigne, à pas retenus, comme s'il marchait sur un quarteron d'œufs.

Les spirites se détendent, gardent leur loup. Ils se parlent à voix basse. Ce ne doit être qu'un prélude.

Pas pour moi !

Je franchis le rideau ocre, rends le masque et le surplis au blondinet en boubou encombré par son gong, débloque la porte et me perds dans le vent qui agite le cèdre.

Peut-être aurais-je dû patienter jusqu'à l'heure d'un possible sacrifice ? Et si Soliman, à minuit, incisait des cœurs de chat ?

5

J'y suis.

L'îlot du Cèdre-Blanc est calme comme une salle d'échecs. C'est un matin sans vent.

J'ai emporté un ballon (il me servira d'alibi) et dans un sac à dos, une corde, le diamant brut avec lequel mon père coupe des vitres (ça peut servir) sans oublier la ventouse (indispensable !).

Du courage !

Et de un, je m'élance. Hop ! hop ! hop ! et le ballon rebondit au-dessus du mur.

Et de deux, je sonne au 11.

Personne ?

J'insiste.

Personne !

Et de trois, en cas de porte close, franchir le mur.

Un essai !

La glycine cède.

Un autre essai.

Raté !

Une voix :

— Je vous fais la courte échelle ?

C'est une sportive, en sueur, souriante. Elle se place dos au mur.

Pied droit sur mains jointes. Je la tiens par le cou. (Elle sent bon.) Pied gauche sur épaule droite, une main sur la tête.

Un effort ! Je chevauche la glycine.

— Merci, madame.

Elle attend. Je la rassure pour le retour.

La belle repart. Et je saute.

Mon ballon flotte sur un étang de jardin que des nénuphars habillent. Dans un gazon en étoile sont agencées des pierres noires.

La porte arrière : fermée. C'était prévisible.

Deux fenêtres. L'une d'elles suffira.

Le diamant.

La ventouse. À hauteur de l'espagnolette.

La rondelle de verre se détache. Je tourne la poignée de la ferrure. Ça marche !

En avant pour la visite.

La cuisine : banale !

Une porte : les commodités. Sans intérêt.

Une autre. Oh ! le noir absolu.

Une odeur d'encens refroidi me prend aux narines.

Un commutateur. Lumière.

Étrange !

Trois tables rondes. Une scène, un rideau et derrière ?

Horreur !

Une momie, une momie de chat aux yeux superbes.

Je suis chez des illuminés.

Mon sang me tambourine les tempes. Trop, c'est trop.

Adieu, poupousse !

Je saurai par Charles-Hubert qui est l'inconnue de l'Osiris. Que vient-elle faire dans ce salon au chat momifié ? De la magie noire ?

La fenêtre. Je referme l'espagnolette.

Un banc contre le mur et sur le banc, une chaise de jardin.

La glycine.

Personne en bas. Je lance le ballon, me suspends au mur.

Lâchez toutes !

Réception sans foulure.

Je me sens léger comme l'oiseau qui s'échappe du cèdre.

6

Ce matin, il pleut à verse.

Le patron m'a demandé d'assurer la permanence. Il veut un bilan.

— Charles-Hubert, m'a-t-il dit, il est urgent que vous clôturiez vos investigations au plus tôt. Entendons-nous bien : c'est uniquement parce que votre affaire est moins insignifiante qu'elle ne paraissait au départ que je vous accorde un court sursis. Votre rapport sur ce Soliman-Andreopoulos est assez effarant. Seulement voilà : il y a d'autres affaires. Dès lors, ou vous me livrez sous peu l'éventreur des matous ou vous me forcez à mettre votre enquête en veilleuse. Pigé ?

En recevant l'affaire, je ne m'attendais certes pas à mériter une citation au tableau d'honneur du commissariat. De là à prévoir une mise en veilleuse, il y a de la marge. L'ultimatum est clair : en cas d'échec, je suis voué aux emplois et corvées de subalterne.

Cette perspective me glace. Que penserait Aurélien de son grand frère, si celui-ci n'était plus qu'un suiveur, un sous-ordre abonné aux tâches obscures ?

J'en frémis.

Les va-et-vient sont rares.

Tout incline à la sérénité : Adèle et son ordinateur, un arôme de café frais, le tambourinement des gouttes sur la verrière.

Si le susnommé Dutoit, alias Andreopoulos, alias Soliman, a éventré les chats pour utiliser les cœurs lors d'un sacrifice rituel, Dorothée Harvet est sa complice. Cette connivence pourrait s'expliquer dans l'hypothèse d'une escroquerie à l'assurance, les chats racés mais vieillissants étant éliminés afin de toucher le montant des contrats. Dans ce cas, le mobile serait double.

Mariëchen Völler est une sanguine, une impulsive, certes, mais pas au point de trucider trois chats parce qu'ils troublent, par leurs miaulements répétés, son écoute de Wagner, Mahler ou Rimski-Korsakov.

Séraphin Courtois aimait les matous. Nul ne le conteste. Quel événement grave aurait pu l'amener à éventrer ses visiteurs et à les mutiler ?

Quel serait enfin l'éventuel mobile de Tchang ? Aurait-il été, contre rémunération, l'exécuteur du plan conçu par Dorothée et Andreopoulos ? Ce dernier lui a appris à lancer des couteaux. Tchang ne s'en cache pas. Cet apprentissage fut-il désintéressé ou stratégique ?

Adèle s'approche, souriante.

— Un grand noir, comme d'habitude ?

J'opine.

La secrétaire sert le café et murmure comme à elle-même :

— Et si le tueur était extérieur à l'immeuble ?

J'y ai pensé. Il pourrait être l'inconnu sorti en coup de vent de l'Osiris, l'autre soir, après Dorothée. La poissonnière a déclaré avoir rencontré, ce soir-là, un gamin à la recherche de son chat égaré dans l'immeuble, un chat chapardeur friand de homard, ce qui explique les cris de colère de Mariëchen entendus lors de ma planque. Est-il raisonnable de penser que ce jeune garçon ait pu assassiner les matous d'Osiris d'une façon aussi répugnante alors qu'il affectionne le sien au point de s'inquiéter de son absence ?

Adèle emporte les tasses. Cette fille est épatante. Dès mon arrivée, j'ai eu droit à sa sympathie. Si mon enquête aboutit, je lui offre un menu impérial à *La Grande Muraille*. Pour elle plus encore que pour le patron, je confondrai le tueur.

7

Je suis d'une humeur à décorner un rhinocéros.

La Momie est introuvable. Est-elle retournée vagabonder à l'Osiris ? Ses rêves de homard l'ont-ils emporté sur sa peur ?

Si oui, le scénario est simple à imaginer : un miaou de trop dans l'oreille du tueur et c'est le ventre ouvert, le cœur volé, le vide-ordures, la poubelle, les éboueurs, l'impunité.

Parler de La Momie à l'inspecteur Frangin, ce serait me trahir. De toute façon, si le cadavre de la chatte avait été découvert récemment, Charles-Hubert m'en aurait parlé.

Mon frère se confie moins. La preuve : il n'a pas évoqué sa visite à la fondation Soliman. Je sais par contre que l'inconnue prise en filature est la maîtresse des chats occis. Charles-Hubert concentre ses soupçons sur Dorothée et Andreopoulos. Une collusion entre eux, comme il dit, est quasi certaine. Sa visite à la fondation lui a-t-elle donné une bonne raison de le supposer ? Et dans ce cas, Soliman et le Grec ne feraient qu'un.

Mon frère ne parie guère sur la culpabilité de la poissonnière. (Ce sont ses termes.) Et pourtant la Mariëchen aurait peut-être éventré La Momie si je n'étais pas intervenu. Est-ce idiot de le penser ?

Pourquoi Charles-Hubert néglige-t-il Séraphin Courtois, le philatéliste ? Il a noté dans son rapport : « La désaffection subite de Courtois pour le marché des timbres-poste paraît difficilement conciliable avec la mort violente d'Agamemnon, Iphigénie et Ptolémée. »

Pour quelle raison délaisse-t-il aussi la piste du Chinois ? Et si c'était ça l'erreur ?

En avant pour *La Grande Muraille* !

❍

Il faut en finir.

J'ai convoqué Mariëchen, Tchang et Dorothée. Dans le couloir d'attente, ils se parlent à peine et seulement à voix basse.

En négligeant Soliman, je lui donne des soucis sans qu'il puisse me reprocher d'inquiéter son assistante.

Courtois, je le veux à froid.

Adèle tape ce que dit Mariëchen, et Mariëchen ne dit rien d'utile. Aux Halles, elle est très appréciée par ses collègues. La poissonnière n'est pas coupable, je le pressens.

Dorothée s'attend à être interrogée sur son rôle de complice de Soliman. Je n'aborde pas le sujet. Elle paraît m'en savoir gré et repart, soulagée, après avoir maudit le tueur de chats. À la clinique, le chirurgien qui l'emploie loue sa compétence et sa disponibilité.

Tchang jure sur la tête de tous les empereurs de Chine qu'il est innocent. Son sourire est désarmant. À mots coupés, il laisse néanmoins transparaître sa suspicion à l'égard de Courtois.

Avant de s'en aller, il me souffle :

— C'est parfois l'eau dormante qui masque le couteau.

Ai-je l'air si désolé pour qu'Adèle me glisse, rassurante :

— Généralement, Charles-Hubert, les langues ne se délient qu'après les interrogatoires.

Si elle pouvait dire vrai !

8

Dix-sept heures trente.

Je suis posté devant *La Grande Muraille.*

La carte est alléchante et le temps aigre-doux.

Ce matin, Charles-Hubert m'a paru contrarié. Il trempait sa mouillette dans le café et son sucre dans l'œuf à la coque. En fait, mon frère se tourmente : ou il coince le tueur au plus tôt ou l'affaire lui est retirée. Pour lui, bonjour les paperasses. Pour moi, fin de l'aventure.

Quelqu'un. C'est Tchang. Il entre dans le restaurant par la porte de l'annexe, celle qui doit mener aux cuisines.

Une respiration, et je le suis.

Un couloir s'élargit vers la lumière.

Une autre porte. À deux battants.

Je la franchis.

Un sifflement !

Un couteau vient de me frôler le nez. Il se plante dans une cible et se met à vibrer autant que je frissonne.

Adieu. Je n'ai rien d'un samouraï.

— Désolé, je suis vraiment désolé.

Tchang me prend l'épaule. Sans violence. Il explique l'incident :

— Tous les matins, dès mon arrivée, je lance quelques couteaux. Après, je me sens en meilleure forme pour découper le porc, le poulet, le canard, les carottes, les ananas.

Le Chinois rit puis ajoute :

— C'est un Grec qui m'a appris son art.

— Andreopoulos ?

Tchang sursaute, se montre soudain soupçonneux :

— Tu le connais ?

J'acquiesce d'un signe de tête.

Le Chinois retire le couteau de la cible et dit, sans se retourner :

— Que viens-tu faire ici ?

Téméraire, j'improvise un argument choc :

— Je fais partie d'un groupe de jeunes qui se bat pour la protection des animaux. On nous a dit que vous aviez tué les chats de l'Osiris.

Tchang est hilare. Sans doute, me trouve-t-il naïf, voire un rien demeuré. Son regard en dit long.

— On vous a dit aussi que je sers du chat aux clients, n'est-ce pas ? Du chat laqué ou de délicieuses croquettes de matou soja ?

Son menton tremblote de rire.

— Moi ? L'éventreur de chats ? C'est très amusant.

Le cuistot me fait asseoir. Il semble serein. Nous parlons de *Tintin au Tibet*, du fameux Tchang perdu dans la neige. Je lance :

— Tchang est peut-être un de vos cousins ?

— Peut-être, soupire le Chinois, rêveur.

J'essaie de détourner la conversation pour mieux y revenir. Mais Tchang l'a compris : il ne désire accuser personne. Il me montre la chaîne qu'il a autour du cou. Le médaillon représente trois singes. Le premier se masque les yeux ; le deuxième se bouche les oreilles ; le troisième se pose une patte sur les lèvres. Pas besoin d'un long discours !

D'autres Asiatiques et un Blanc s'amènent. Tchang leur raconte l'histoire du couteau et sûrement aussi celle des matous car tous me regardent, l'air réjoui, sauf le Blanc qui tonne, bougon :

— On t'a assez vu, dégage !

J'obéis.

Salut, les cyniques.

Me revoici seul devant l'entrée.

Un camion. Les éboueurs.

Oh ! un reflet ! là, au pied d'une poubelle de *La Grande Muraille*. C'est le collier de La Momie.

Morte ou en vie ?

Ce soir, je me déguise et retourne à l'Osiris.

9

Ça bouge !

Au courrier du soir, le patron a reçu une lettre signée Gorge-Bleue. Des envois semblables, le commissariat en réceptionne une dizaine par semaine.

Gorge-Bleue a choisi le collage de mots découpés. Selon ses dires, le propriétaire de l'Osiris ne s'appelle pas Andreopoulos mais André Dutoit, ce que nous savions. Enfant, celui-ci étranglait, à mains nues, les chatons de la rue. Suivent, en imprimé, le nom d'une localité des Yvelines, une adresse et un « *Vous pouvez vérifier* ».

Le commissaire ironise :

— Qui peut s'amuser à coller de telles âneries ?

Je dis :

— Séraphin.

Le patron, surpris, bougonne :

— Pourquoi Séraphin et pas la Dorothée, le Chinois ou la poissonnière ?

Je précise :

— Gorge-Bleue est le motif du dernier timbre-poste publié dans la série des oiseaux. Cette signature ? Simple réflexe de collectionneur !

— Pas mal, pas mal !

Cette fois, le patron semble épaté.

Adèle renchérit :

— C'est inattendu mais vraisemblable. Bravo, Charles-Hubert !

Puis, plus détachée, ma collègue s'informe :

— Ainsi, vous collectionnez les timbres, vous aussi ?

— C'est une passion d'Aurélien, mon frère cadet. Il m'initie de temps en temps. Moi, je m'intéresse aux oiseaux, c'est tout.

Le silence qui s'installe me ravit. Je viens de marquer un double point.

Les pions sont posés. Reste à sortir le fou.

Le planton claironne :

— Monsieur André Dutoit.

Convoqué sur l'heure, Andreopoulos entre, sur la défensive. Son bonjour est bref.

Je lui tends le message de Gorge-Bleue. Il le parcourt, se moque de la signature puis s'explique :

— J'ai choisi de m'appeler Andreopoulos par passion pour la Grèce et l'Antiquité. Voltaire avait pour nom Arouet et Montand, Livi.

Du regard, il cherche un assentiment.

Mon mutisme le désarçonne.

Le géant enchaîne, sans honte :

— C'est vrai qu'étant môme dans les Yvelines, il m'est arrivé d'étrangler un jeune chat. Quel est l'enfant qui n'a pas ses jours cruels ? Ainsi, vous, inspecteur, oseriez-vous nier avoir arraché, jadis, les ailes d'un papillon ou tordu le cou à une corneille, hein ?

Je ne sourcille pas.

Andreopoulos s'exclame :

— Je me demande bien qui a pu vous rapporter tout ça. De toute façon, les matous n'ont pas été étranglés, que je sache. Dites-moi, inspecteur, si je les avais massacrés, je m'en serais débarrassé discrètement, non ?

J'ose une moue dubitative. Andreopoulos s'en aperçoit et se tait.

Je risque :

— Vous avez bien une petite idée sur un possible coupable ?

— Pas la moindre, inspecteur ! Mes locataires ne sont pas dérangeants.

— Et si je vous disais : Dorothée ?

Le géant sursaute, répète, soudain inquiet :

— Dorothée ? Pourquoi elle ?

J'insinue :

— Ses chats, après s'être distingués dans des concours de beauté, ne se classaient plus guère, m'a-t-on appris. Faux ?

— Vrai, et alors ?

— Alors leur maîtresse aurait pu éliminer ou faire éliminer Iphigénie, Ptolémée et Agamemnon pour toucher l'assurance.

— Vous faites fausse route, inspecteur.

Le faux Grec paraît formel.

Je le libère. Il se lève, marche vers la porte, s'arrête, pivote et dit :

— À propos, inspecteur, ma fondation a été victime d'une tentative de cambriolage. Diamant, ventouse, du classique !

— Et vous déposez plainte ?

— Non.

— Et pour quelle raison ?

Il hésite et dit, narquois, avant de disparaître :

— Vous avez d'autres chats à fouetter, non ?

Le ton m'agace.

Le temps d'avaler une bière et un en-cas, et je reviens rôder aux abords de l'Osiris. Le cambrioleur n'est peut-être pas étranger à l'affaire ?

10

Pas facile de se déguiser en dehors du carnaval !

Mon costume d'extraterrestre qui m'a valu plus d'un jaloux lors de trois fêtes scolaires est devenu exigu.

Le casque de base-ball ?

Non ! Charles-Hubert le reconnaîtrait. Il faut que je me donne une apparence adulte, celle de quelqu'un de banal qui passe inaperçu.

Dans une armoire, maman stocke des vêtements, des objets qu'elle récolte pour des ventes de charité.

Fouinons !

Et de un, je chausse des bottes usées. Mes orteils y pianotent. Et de deux, j'enfile un pantalon kaki. Il me tombe sur les chaussettes. Et de trois, je me plaque deux coussins à plumes. Un à l'avant, l'autre à l'arrière. J'agrafe.

Le pantalon tient.

Je suis énorme.

Une veste XL. J'en retrousse les manches.

Un œil dans le miroir ?

Je suis moche et ordinaire, un peu tassé par la vie, un peu enflé par les pâtes. C'est presque parfait, à part le visage trop poupin pour l'ensemble.

Qu'à cela ne tienne, je me gomine les cheveux, chausse des lunettes ringardes (pardon, papa !), me colle sous les narines des poils de boa (pardon maman !) et surmonte le tout d'un chapeau mou qui ne se souvient plus d'avoir été porté.

Mon sac à dos, le diamant, la ventouse, une corde : tout y est. Je suis opérationnel.

Le soir tombe.

À l'affiche du *Paris*, un polar réservé aux adultes. C'est tentant. Mais la mission prime tout.

Le risque ? Être surpris par les locataires ou, plus embêtant, par l'inspecteur Frangin qui doit fureter dans le coin à cette heure crépusculaire.

Tant pis ! J'essaie. Si l'essai rate, j'assumerai, comme ne cesse de répéter Charles-Hubert, condamné à courir plus vite que les aiguilles de sa trotteuse.

L'Osiris respire le calme. Ô crépuscule !

Seuls la poissonnière et Courtois sont là.

Je sonne.

Pas de réponse !

J'insiste. Lourdement.

Une voix dans le parlophone :

— Arrêtez de sonner ainsi. Monsieur Andreopoulos est absent. Que voulez-vous ?

C'est la voix de la Mariëchen.

— Chère madame, je viens vérifier le compteur électrique général à la demande du propriétaire.

Mariëchen s'assagit.

— Ce n'est pas trop tôt. Un instant ! Je descends vous indiquer la salle des compteurs.

Je l'interromps :

— Ne vous donnez pas cette peine, madame, je connais l'immeuble.

Un signal. La porte est ouverte.

Le hall est désert, de l'ascenseur aux escaliers.

La porte principale du rez-de-chaussée est fermée à clé. Normal. Une autre porte. Elle s'ouvre. Un débarras où s'entassent des bidons, des inox, des brosses, des seaux, des serpillières, un escabeau. Le cagibi des nettoyeuses.

Dans un mur, une baie de verre mat.

L'escabeau sous la baie !

Au travail !

Mon diamant coupe à merveille. Moment délicat : le retrait du carré de verre. La ventouse tient bon.

Retour dans le hall de départ.

Je pose la vitre sur le paillasson d'entrée. Ce n'est pas innocent !

J'entrouvre la porte d'entrée de l'immeuble, à peine, assez pour la bloquer avec un pot de fleurs du hall. De quoi faciliter une fuite inopinée !

Pas d'Andreopoulos à l'horizon !

C'est reparti. L'escabeau, le rebord de la fenêtre. Je me hisse, m'agrippe. Un rétablissement !

La fenêtre donne sur le W.-C. du Grec. Faut y passer.

Le sac et les coussins d'abord !

Je passe, me plie, insiste. Si la planche des toilettes est solide, je suis sauvé.

Elle l'est.

Je m'arc-boute, me laisse glisser, m'affale.

Cascade réussie !

Sac repris et coussins replacés !

Je déverrouille la porte donnant sur le hall.

Ma lampe de poche a tenu bon.

Le salon ressemble à un temple. Une Cléopâtre de pierre blanche trône sur un socle de marbre noir, le nez pointé dans ma direction.

— Mes hommages, Majesté !

Une armoire.

Rien d'intéressant : de la brocante à tonton !

Le bar.

Dans le réfrigérateur, un sac. Un sac en plastique. Son contenu est mou. Un chat dépiauté ? Feue La Momie ?

Rien que des abats, des tripes en stock !

Écœuré mais rassuré ! Peut-être le suis-je à tort : les viscères de chat, autrefois, étaient très prisés, surtout pour prédire l'avenir.

L'avenir, c'est tout de suite.

❍

Il me semble avoir aperçu un rai de lumière chez Andreopoulos.

Illusions ?

❍

La chambre est banale.

Sous le lit, un pull oublié.

Sous l'oreiller, un roman de gare.

En dessous, au-dessus et dans la garde-robe, rien d'insolite. Juste des vêtements et quelques pots de confiture ancienne.

Retour au salon.

❍

Cette fois, plus de doute !

Quelqu'un promène une lampe de poche dans l'appartement du propriétaire.

Une ombre se déplace. Pas très grande mais volumineuse. Une sorte de bonhomme Michelin.

Le rôdeur ?

Pas de précipitation !

Ou je le ceinture par surprise. Ou je l'observe pour en savoir plus sur la raison de sa présence à cette heure et en ce lieu.

Qu'espère-t-il y trouver ?

o

Une autre armoire. En vitrine, des scarabées en lapis-lazuli, des peignes en os, la statue d'un scribe.

Là, derrière cette autre vitrine teintée, un reflet !

Oh ! un chat !

La Momie ? Momifiée ?

C'est un chat d'Égypte, un cafre. Je le possède en timbre.

Et si le Grec était un empailleur clandestin ? Ptolémée, Agamemnon et Iphigénie ont-ils eu les honneurs d'une momification ? Andreopoulos n'a-t-il pas conservé leurs dépouilles au réfrigérateur ?

À la seconde, j'imagine le Grec, la tête naturalisée, avec ce regard ahuri des trophées de chasse. Et ça me détend !

o

La porte est entrouverte, bloquée par un pot de fleurs.

Bizarre !

J'entre.

❍

Quelqu'un !

Quelqu'un vient de fracasser le verre posé sur le paillasson. Le subterfuge a fonctionné.

Aïe ! mon frère !

Attifé comme je le suis, Charles-Hubert ne me démasquera pas. Sauf s'il m'attrape.

Une seule voie : l'escalier montant.

Adieu, mes bottes !

Je détale, pieds nus.

❍

Pourquoi cette vitre sur le paillasson ?

Le fracas, mon temps d'arrêt, je fonce, et l'ombre s'est volatilisée. La souplesse de l'inconnu est étonnante pour un obèse.

Oh, un chat ! Un cafre momifié ! Une doublure du matou de Soliman.

Le rôdeur n'a pas pu filer par la porte d'entrée. Vers le sous-sol, c'est le piège.

Il n'a pas utilisé l'ascenseur. Une seule issue possible : l'escalier qui mène aux étages.

En chasse !

Des bottes ! la piste est bonne.

❍

Il me suit.

Que vais-je faire lorsque j'aurai atteint le dernier étage ? Filer par l'ascenseur ? En aurai-je le temps ? Cette pensée m'angoisse, mais je grimpe.

Les coussins m'encombrent.

Une idée ! Le diamant ! Je déchire le tissu… et le duvet s'envole…

Charles-Hubert n'a jamais apprécié les bagarres de polochons : il est allergique aux plumes.

❍

Malédiction !

L'inconnu a plus de chance que d'idée. Les nuages de plumes, c'est un subterfuge usé. Sauf si le poursuivant souffre d'une allergie au duvet, ce qui est mon cas.

Il ne m'échappera pas.

❍

J'accélère.

Plus bas, Charles-Hubert tousse, éructe, jure un peu, beaucoup, passionnément.

Ah, ne pas m'attendrir !

Je largue, dans l'escalier, veston XL et pantalon.

Le palier du quatrième !

J'appelle l'ascenseur.

Une tête apparaît dans l'entrebâillement d'une porte. C'est celle de Séraphin, le philatéliste. Il a l'air ahuri de me voir en short, en nage et pieds nus.

L'inspecteur Frangin monte, en toussant de plus belle. Il ne va pas tarder à apparaître et tout sera terminé.

— Entre !

L'ascenseur arrive. J'y pénètre, appuie sur le bouton du sous-sol, en ressors, d'un bond, et m'engouffre chez Séraphin.

❍

Pas simple ! J'ai les yeux noyés et les bronches en feu.

Le faux obèse a filé par l'ascenseur. Il fallait s'y attendre. L'homme est jeune, astucieux. Qui peut-il être et quel rôle joue-t-il dans cette affaire ? S'il est le blondinet de chez Soliman, pourquoi se croit-il obligé de se déguiser d'une aussi grotesque façon ?

❍

Charles-Hubert se trouve sur le palier. Je l'entends, haleine courte, bronches sifflantes.

Sans doute a-t-il ramassé mes bottes et ma peau de vieux.

S'il sonne, que fera Séraphin ? Pour l'instant, Courtois est immobile et dans son regard, il y a le mystère qui habite les yeux du chat.

❍

Je dois avoir l'air d'un môme qui vient de recevoir une raclée. Inutile de me montrer dans cet état au locataire de l'étage !

Je vais attendre dehors le retour de Soliman. Et si entre-temps, le déplumé réapparaît, je le coffre.

❍

Apparemment, Charles-Hubert est redescendu. Il ne s'avouera pas vaincu. Mon frère va se planquer dans le noir, toute la nuit, s'il le faut.

— Une langue de chat ?

Séraphin me tend la boîte de bonbons. Il rit, sûr de son effet. Le vieux ne m'a posé aucune question. Vu les circonstances, ce n'est pas normal.

Le chocolat me paraît fade. J'ai l'impression, en le mastiquant, de conjurer un sort.

Courtois est ravi d'apprendre que je me suis spécialisé dans les timbres reproduisant des animaux. Nous parlons clubs, valeurs et oblitérations. Il me montre un album somptueux que je feuillette.

— C'est étrange, monsieur, vous n'avez plus de timbres sur les chats ?

Courtois ne sourcille pas.

— Je les ai enlevés depuis peu.

— Depuis la mort des chats ?

Séraphin me lorgne :

— Ah, tu es au courant ?

Son visage se durcit. Il réfléchit, finit par dire :

— Les timbres doivent vivre plus longtemps que des chats. C'est la règle, n'est-ce pas ? Une collection, c'est une future trace de nous-mêmes.

Courtois parle sans me regarder. Il s'interrompt, soudain plus détendu et m'offre une seconde langue de chat.

Le vieux m'apprend à reconnaître un bon timbre à ses dents parfaites, à son verso intact. Il suffit, selon lui, d'une faille dans la colle pour que la valeur de la vignette tombe à des poussières.

— Vous possédez des timbres rares ?

Ma question l'embarrasse.

— J'en avais.

Je viens de remuer en lui des souvenirs difficiles à oublier. A-t-il été victime d'un vol ? A-t-il été amené à revendre des timbres exceptionnels et s'en mord-il les doigts aujourd'hui ?

Je n'en saurai pas plus.

Courtois se chapeaute. Il disparaît dans la cuisine, en revient avec un sac rouge, plastifié, à demi plein et mou, qu'il emporte.

— Suis-moi.

Il inspecte le palier, rappelle l'ascenseur emprunté par Charles-Hubert, programme le sous-sol.

Déjà, le garage. Pas de Charles-Hubert !

Séraphin me pousse sur la banquette arrière de sa Citroën.

— Veux-tu garder ce sac ? Si son contenu se renversait sur les coussins, ce serait navrant.

J'entrouvre le sac rouge. Beurk ! Des déchets de cuisine et des souris.

— Des souris ?

— Oh ! oui ! j'aurais dû te prévenir. Je suis impardonnable. Depuis la mort d'Agamemnon et des autres, des souris sont réapparues dans la cave. Je les piège et les porte aux pies du cimetière où ma femme repose.

Nous démarrons.

— Couche-toi !

L'auto franchit lentement la porte automatique.

Des phares. De face.

Je jette un œil. C'est la Mercedes du Grec.

Séraphin la croise sans un regard pour son conducteur.

Le boulevard.

— Je te dépose chez toi ?

— Inutile. Merci pour l'aide.

Des feux.

Il ouvre la portière. Je lui rends le sac rouge.

Brusquement, le vieux ricane :

— Qui tue une souris, tue un chat… Ah ! Ah ! Ah !

Et le ricanement dure au point que sa bouche grimace comme celle des pantins de caoutchouc.

Je suis sur le trottoir.

Le feu est vert. L'auto s'en va.

Jamais l'air de la ville ne m'a semblé si agréable à respirer.

Sans l'arrivée imprévue de la voiture d'Andreopoulos, j'arrêtais celle de Courtois.

Une constatation : le propriétaire et son locataire du quatrième se sont croisés sans un regard.

Quand Andreopoulos m'a aperçu, il a paru importuné. Mais notre court entretien est resté poli et sans surprise, si ce n'est la sienne, en découvrant dans le hall la vitre en morceaux et les portes ouvertes.

— Ça continue, inspecteur ! Je vais finir par vous suspecter.

Il ricane, s'enhardit :

— On cambriole la fondation et, la veille, vous êtes là. Je vous ai reconnu, inspecteur, malgré votre loup. À vos mains ! Ou plutôt à vos ongles moins parfaitement polis que ceux des gogos qui me vénèrent.

Andreopoulos-Soliman s'interrompt comme s'il lui répugnait d'en dire plus, mais il reprend, cynique :

— Je pigeonne des pigeons qui sont ravis d'être pigeonnés. Où est le mal ? Ce soir, je rentre. Mon appartement est visité en mon absence. Et qui est ici, comme par hasard ?

Vous ! Avouez que s'il s'agit d'une double coïncidence, celle-ci est singulière !

Il aperçoit l'armoire ouverte, éclaire le chat momifié :

— C'est un cafre, inspecteur, comme l'est celui de la fondation. Je les ai achetés à Londres, chez un antiquaire proche du British Museum. Vous pouvez vérifier. Un cafre, inspecteur, c'est l'ancienne Égypte dans une pupille, c'est l'Orient, ses rois, ses empereurs et ses prêtres.

Andreopoulos s'interrompt brusquement.

Mon impassibilité le dérange. Il se montre suspicieux :

— Je suppose inspecteur, qu'après votre visite à la fondation, il n'entre pas dans vos intentions de chercher noise à Dorothée Harvet.

Il marque un temps et se gausse :

— Votre marraine !

Je le quitte, sans un mot. Il m'écœure. Et cependant, mes soupçons mollissent.

Opinion ferme ou lassitude ?

11

Selon l'inspecteur Frangin et son flair infaillible, le rôdeur découpeur de vitre serait un jeune voisin, celui dont le chat s'est égaré récemment dans l'immeuble avant d'aboutir chez la poissonnière. Mais celle-ci a donné du gamin un signalement si vague que le suspect ressemble à n'importe qui.

— Même à toi Aurélien ! m'a dit Charles-Hubert, tout à l'heure, sans rire.

Amusant !

Mon frère a reçu un nouveau message. Il le pioche avec une application admirable.

Spectacle fumeux !

On dirait Champollion penché sur des hiéroglyphes.

Moi, je lis du Prévert en attendant l'eurêka espéré de Charles-Hubert.

O

Le nouveau message expédié au commissariat me laisse perplexe. Il n'est plus signé Gorge-Bleue mais H. C'est une énigme à déchiffrer, en mots collés :

qui *suit* d TROUVE S
et *a* *L'assassin*
des chats
l'ANGE CISÈLE LA *ROSE*
H.

J'ai passé une partie de la nuit à tenter d'élucider son sens caché. Des pans d'ombre demeurent.

Le patron veut comprendre dans le moment, surmené qu'il est par d'autres affaires.

Je lui explique :

— Qui suit Dorothée trouve Soliman, l'assassin des chats.

Le patron paraît convaincu.

— Et la suite ?

— La suite est moins lumineuse, commissaire. Un ange ciselant la Rose pourrait être le motif d'un timbre rare, ce qui

nous ramènerait à Gorge-Bleue. Je vais m'informer.

— Admettons... Et le H ?

Ne jamais montrer que l'on sèche. C'est un principe.

J'enchaîne, sans hésiter :

— Dans cette affaire, le seul H, c'est Dorothée, Dorothée Harvet. Mais elle n'a pas intérêt à dénoncer Soliman.

Adèle réplique :

— À moins qu'elle ne désire, en cas d'arrestation du médium, gérer seule la fondation.

— Pas bête, ça ! dit le patron.

Je lance :

— Il se peut néanmoins que H soit le jeune inconnu au diam et à la ventouse.

Le patron me tapote l'épaule :

— Ça avance, Charles-Hubert, ça avance. Le noir passe au gris. Il n'y a pas de petites affaires.

Il s'en va, sans un mot de plus.

Je me sens revitalisé. Si le message recèle une clé, je la découvrirai, dussé-je y passer la prochaine nuit.

❍

L'eurêka se fait attendre.

À table, Charles-Hubert nous a montré le message reçu, signé H.

Mon frère se refuse à tout commentaire. Secret professionnel oblige ! Mais sans doute brûle-t-il de nous en dire plus ? À moins qu'il ne sèche devant le mystère des mots.

Sur la table du jardin, je planche :

→ D, c'est Dorothée. Qui la suit trouve S ?

→ Selon H, S serait l'assassin des chats.

→ Le S de l'Osiris est Séraphin.

→ Pourquoi en suivant Dorothée trouverait-on Séraphin ? Absurde !

→ Donc S est quelqu'un d'autre, connu de mon frère.

→ Une idée : ce S pourrait être Soliman. Dans ce cas, Soliman est Andreopoulos : le tueur des matous. CQFD.

La suite (comme se plaît à répéter mon prof de maths) est nébuleuse.

Qui est cet ange qui cisèle cette Rose, avec majuscule ? Et pourquoi l'anonyme a-t-il signé H ?

J'en attrape un mal de front.

Pause-café, jus de fruits et petits fours.

J'essaie d'en savoir plus.

Mon frère se montre soudain nerveux :

— Aurélien, va pousser ta balle sur la pelouse. Ne t'occupe pas sans cesse des affaires des grands. C'est exaspérant !

Il s'élance, frappe le ballon avec rage. La boule de cuir atterrit entre les deux poubelles de la cour.

Dérangé, un chat s'enfuit.

La Momie !.. Elle, ici ?

Peu importe d'où elle sort puisqu'elle est vivante !

La chatte paraît contente de me retrouver. Elle ne miaule plus, elle ronronne.

Ah, si elle pouvait parler !

12

Plus de doute !

Séraphin Courtois est H. J'en détiens la preuve mais la garde secrète. Momentanément.

Le message qui dénonce Soliman n'est anonyme qu'en apparence. Le vieux a voulu narguer le jeune flic que je suis : il a signé le message à sa façon.

Il m'a suffi d'un détail pour qu'enfin, tout s'éclaire.

Pour quelle raison Courtois veut-il, à tout prix, impliquer son propriétaire ? Auraient-ils, tous deux, mis sur pied un trafic clandestin de timbres volés avant de se disputer pour une raison obscure ?

À la banque des échanges, Courtois est unanimement loué pour son honnêteté et sa compétence. L'hypothèse d'une combine à laquelle il serait mêlé a fait pouffer les responsables. Mais la phrase de Tchang me revient à l'esprit : « C'est parfois l'eau dormante qui masque le couteau. » Et si Séraphin avait tué les chats de Dorothée pour se venger de Soliman ?

Se venger de quoi ?

○

J'enrage.

L'inspecteur Frangin a découvert qui est H. Il est sorti de sa chambre à l'heure du petit déjeuner avec des yeux globuleux, des cernes de noctambule et un sourire de représentant en dentifrice.

Il sait et se tait.

— Secret professionnel, a-t-il décrété, solennellement.

Heureusement, il me reste La Momie. Ma chambre est son domaine. Dommage que son odeur soit si désagréable !

Shampouiner le matou ? Je m'en sens incapable. À moins de l'endormir avant le nettoyage.

Charles-Hubert se rend aujourd'hui chez Séraphin Courtois. Il espère le confondre mais le vieux est rusé.

En attendant le retour du grand stratège, je vais trier mes timbres. Chez Séraphin, tout est ordre, soin et clarté. Chez moi, c'est la caverne d'Ali Baba !

O

Adèle est conquise.

Quand je lui ai révélé la clé de la lettre, la signature cachée de Séraphin Courtois, elle a crié, les yeux admiratifs :

— Charles-Hubert, tu es épatant !

Les autres collègues tempèrent à présent l'ironie de leurs sourires.

Le patron est resté coi, un court instant. Mon sens de l'intuition l'a agréablement impressionné. Mais il préfère me rappeler la proche échéance de son ultimatum. C'est de bonne guerre pour un chef.

Il me reste à confondre le philatéliste.

O

Je sais, je sais, je sais.

J'ai tout compris sans m'aider du message. Et cela grâce à La Momie.

La chatte sursaute en me voyant trépigner de joie. Je l'embrasse. Ses babines collent. Qu'importe l'odeur !

Je sais, je sais, je sais. Avant Charles-Hubert !

Je m'explique : je renverse mon sac de timbres sur la table. Certains en tombent. Le désordre est bientôt général. Mais déjà, j'ordonne, je classe les vignettes selon la qualité des dents, l'harmonie du collage.

Un raseur de ma classe à l'autre bout du fil.

Je m'absente quelques instants.

Je reviens. Ô calamité ! La Momie se débat joyeusement dans un tourbillon de timbres. Pire : elle se promène avec un coq bleu collé sur le museau. En se débarrassant, elle lèche la colle de la vignette.

Cher ou pas cher, comme dirait Séraphin, ce timbre est à présent sans valeur pour un collectionneur.

C'est à cette seconde précise que j'ai tout compris.

Il est urgent que l'inspecteur Frangin soit mis au parfum.

Vite, un papier, un marqueur !

C'est ma première lettre anonyme. Et si je signais A ? A comme Aurélien. Imprudence ? Impudence ?

VTT, en avant ! Direction : le planton du commissariat.

❍

Tout s'enchaîne.

Adèle avait raison : les langues se délient.

Le planton m'a remis une lettre déposée sur son guichet lors d'une brève absence.

Le texte écrit à la hâte est signé A.

Je connais enfin la clé qui me manquait pour clore l'affaire.

Le message est clair :

LE TUEUR DE CHATS N'AIME PAS LES CHATS QUI GRIFFENT ET LÈCHENT LES TIMBRES RARES

A

J'aurais dû y songer plus tôt. Depuis que je suis sur cette piste, Aurélien s'est remis à classer ses timbres, à parler de dents et de colle à poisson. C'était prémonitoire !

Mon jeune frère va être surpris en apprenant la vérité.

Il me reste à recueillir l'aveu.

Mais qui est ce A inattendu, perspicace, coopératif ?

Andreopoulos ? Le rôdeur ?

❍

Si tout se déroule comme prévu, l'inspecteur Frangin va filer chez Séraphin.

Qu'est-ce que je disais ?

Le voici, pressé, imperméable au vent. Il court plus qu'il ne marche.

Bien joué !

Je vais m'offrir une glace aux trois parfums en l'honneur des matous que je viens de venger : citron pour Agamemnon, pistache pour Ptolémée et vanille pour Iphigénie.

13

— Entrez, inspecteur.

Courtois ne semble pas étonné de me revoir.

— Veuillez vous asseoir.

Il s'absente un bref instant, réapparaît avec une bouteille Thermos et deux tasses.

— Café au lait ? Café noir ?

— Noir.

— Un sucre ? Deux ?

— Aucun.

Il sort d'une armoire une boîte oblongue, m'en présente le contenu :

— Une langue de chat ?

Humour ? Hasard ?

Humour !

Courtois rit tout haut. S'il est H, c'est du cynisme.

Sans préambule, je mets le paquet :

— Nom, prénoms ? Lieu et date de naissance ? Profession antérieure ?

Il répond d'une voix neutre :

— Quincaillier.

J'insiste :

— Quincaillier ou coutelier ?

Il souffle, soudain las :

— Les deux.

Je reprends :

— Nom et prénoms de la défunte épouse ? Cause du décès ?

Courtois a frémi. Je viens de toucher un point sensible.

Et maintenant l'épate :

— Monsieur Courtois, nous sommes inquiets pour vous.

Il se hérisse :

— À quel sujet ?

— Une lettre en notre possession, signée par son auteur, vous désigne comme étant le tueur des chats. Des preuves sont apportées qui paraissent irréfutables. Qu'avez-vous à dire ?

Séraphin, devenu livide, s'efforce de me demander avec déférence :

— Et quelles sont ces prétendues preuves, s'il vous plaît ?

— Celles que vous me cachez, monsieur.

— Mais encore ?

Le vieux se défend mais je le sens hésitant entre le silence et l'aveu.

— J'aimais ces chats. D'ailleurs tout le monde a dû vous le confirmer, non ?

Un signe de tête le rassure.

— Vous êtes philatéliste, je crois ?

— Vous croyez bien.

Il reprend pied.

— Pourquoi ne vous rendez-vous plus à la banque des timbres ?

Courtois soupire :

— C'est un crime ?

Son ironie voilée me déplaît.

Je gronde :

— C'est ma dernière visite, monsieur H.

Son sourire s'est effacé. Instantanément.

J'enchaîne :

— Vous avez joué, vous avez perdu.

— C'est-à-dire ?

Il remplit les tasses. Sa main tremble.

J'explique :

— Il était une fois un philatéliste de l'Osiris qui gâtait les trois matous de l'immeuble, des bêtes splendides. Un jour, lors d'une visite, les chats, par jeu, eurent la malencontreuse idée d'éparpiller sa collection.

Courtois ne crâne plus.

Un silence que je romps :

— Sans doute, l'un ou l'autre timbre rare a-t-il disparu, été léché, abîmé dans cette agitation. Et dès lors, monsieur, décidé à le récupérer à tout prix, vous n'avez plus été vous-même. Depuis, vous regrettez votre acte, certes, mais ce qui est accompli est accompli.

Le vieil homme, figé, tête baissée, est visiblement en proie à une grande lassitude.

J'assène :

— Voyez-vous, monsieur H, ce qui me paraît indigne de vous, c'est votre tentative de faire porter le chapeau à Soliman.

Courtois réagit, me fait face :

— Je tolère Andreopoulos, je hais Soliman.

Son visage est blême.

— Soliman se disait capable, grâce à ses pouvoirs de médium, de me faire entendre la voix d'Esther, mon épouse défunte. Il appelle ça le jeu sublime.

Il reprend haleine, tente de se contenir :

— Je sais, c'est de l'arnaque. Le prix est en conséquence. Mais quand on se retrouve seul, à mon âge, et de façon inopinée, on se sent démuni, on se laisse abuser par un baratin.

Un nouveau silence.

Le vieux soupire, reprend sans aigreur :

— Un soir, à la fondation, les tables ont tourné et une femme m'a parlé. Ce devait être la voix d'Esther. Ce fut celle d'une nouvelle locataire.

— Dorothée ?

Courtois opine, d'un clignement de paupières.

Je l'aide :

— En massacrant ses chats, vous avez, peut-être malgré vous, exorcisé le mal que cette femme vous a fait, c'est ça ?

Il réfléchit, murmure :

— Je l'ignore. Ce qui m'a consterné, c'est la disparition d'une relique que je couvais depuis des années : un timbre centenaire de Shangaï, un dragon imprimé sur papier filigrané. Une merveille !

Le mystérieux A avait vu juste.

— Encore une question, monsieur Courtois.

— Dites.

— Pourquoi avoir tranché la langue et ôté le cœur des chats ?

Séraphin esquisse un sourire qui n'est qu'une grimace :

— Pour les offrir aux pies du cimetière où Esther repose.

Il rapporte les tasses et la bouteille Thermos à la cuisine, réapparaît et balbutie, soudain pitoyable :

— Vous me coffrez ?

— D'abord, vous venez signer votre déposition puis tout dépendra du commissaire. Vous ne risquez pas la cour d'assises.

Courtois a-t-il conscience que Soliman n'a pas intérêt à ébruiter l'affaire ? Il est probable que Dorothée décide de retirer sa plainte.

Il revêt une veste, se chapeaute, prend sa canne et une valisette qu'on dirait préparée d'avance.

— Je vous suis, inspecteur.

Il se ravise :

— Me permettez-vous, inspecteur, de vous poser une dernière question, moi aussi ?

J'acquiesce.

— Que vous ayez découvert la teneur du message, soit, et je vous en félicite. Mais le H, comment êtes-vous parvenu à l'identifier ?

Je joue le jeu :

— Pour être franc, monsieur, ce H m'a valu des insomnies mais en fin d'enquête, il ne m'a guère servi. À vrai dire, il reste toujours pour moi un mystère.

Courtois paraît satisfait, comme si l'aveu de mon ignorance versait du baume sur sa désolation.

Il me souffle, alors que nous partons :

— Mon second prénom est Hyacinthe.

14

Charles-Hubert est aux anges.

Le patron l'a cité en exemple pour la pugnacité et le flair dont il fit preuve dans une affaire mineure, certes, mais néanmoins à résonances humaines.

Je connais par cœur la phrase du rapport directorial tant mon frère s'est plu à nous la répéter.

L'inspecteur Frangin a changé de costume, de chemise, de cravate. On dirait Cary Grant qui joue Hitchcock.

Il annonce triomphalement :

— Je ne dînerai pas à la maison. J'invite Adèle, une collègue, à savourer les plats de Tchang à *La Grande Muraille*.

Je râle.

Lui révéler que je suis A, ce serait dire adieu au plaisir de rejouer à l'enquêteur fantôme. Et pourtant sans nous, La Momie et moi, aurait-il clos son enquête dans les temps ?

J'ose :

— Explique-moi au moins, Charles-Hubert, comment tu as pensé que les chats avaient pu amocher les timbres de Courtois ?

Frangin clame, modeste :

— L'intuition, mon cher. L'intuition !

Le frimeur se prépare à sortir.

J'insiste :

— Dis-moi comment tu as découvert qui était H ?

Il parade et dit :

— H, c'est Courtois Séraphin, Hyacinthe. Pigé ?

— Et l'ange ? Et la Rose ?

Charles-Hubert s'en va et lance :

— Le reste, frérot, est littérature.

Je le hèle alors qu'il s'éloigne :

— Si je trouve l'énigme, tu me paies des langoustines chez Tchang ?

Il y consent, sûr de mon ignorance, et disparaît.

Maman annonce le menu du soir : un spaghetti boulettes.

Minable pour un héros de l'ombre !

Héros au grand jour, Charles-Hubert et son Adèle vont se partager des nems à la feuille de menthe, du bœuf aux oignons, du poulet au curry, des dés de porc à la sauce piquante, du canard, des langoustines…

J'en salive.

— Aurélien ! Aurélien ! J'ai trouvé.

Ma mère fait irruption en brandissant le dictionnaire.

— J'ai trouvé, j'ai trouvé ! répète-t-elle, malicieuse.

Elle écrit, en grand, sur un pense-bête : « L'ANGE SIX AILES » puis me tend le *Petit Robert* à la page 1802.

Je bous comme l'eau d'une tisanière :

— Tu vois ce mot ? dit ma mère.

Surprenant.

— Et maintenant, lis sa définition.

Je la lis : « *Séraphin : ange de la première hiérarchie représenté avec trois paires d'ailes.* »

À la seconde, mon cerveau s'ouvre comme une pêche mûre.

Charles-Hubert avait raison : le vieux a signé le message, à sa manière, pour le défier. Pour nous défier.

Défi relevé !

Maman est radieuse. Je lui saute au cou. Elle se dégage et dit :

— Ce n'est pas terminé, Aurélien, il reste la Rose.

J'ironise :

— Avec majuscule ! Et ça change quoi ?

— Ça change tout !

— Explique, explique.

Mon impatience est telle que je hume déjà la menthe fraîche des nems, le curry du poulet, la senteur d'océan des langoustines.

— La Rose, insiste maman, la Rose en poésie, Aurélien, ça ne te dit rien ?

Je sèche.

— La Rose, reprend-elle, au Moyen Âge, c'est l'amoureuse, l'amante.

Je dois avoir la mine ébahie de l'ignare.

Ma mère s'obstine :

— La Rose, le *Roman de la Rose*, c'est le chef-d'œuvre de l'amour…

Elle attend l'épithète.

Un éclair jaillit des brumes :

— De l'amour courtois !

J'explose.

À moi, les langoustines !

Générique !

Que ma mère soit bénie !

Adieu, le spaghetti boulettes !

La Momie se terre sous son bahut.

Je fonce vers ma chambre.

Taïaut ! Taïaut !

J'en ressors débarbouillé, peigné, costumé.

VTT paré !

— Aurélien, où cours-tu à cette heure ?

— À *La Grande Muraille* !

VTT monté.

Je démarre. Elle me suit.

— Charles-Hubert n'y est pas seul. Il accompagne Adèle, une collègue.

Je m'époumone :

— Et alors ? Je demanderai à Tchang une table de trois.

Papa me croise, m'entend, s'informe :

— Qu'est-ce qu'il raconte ?

Maman s'écrie, attendrie :

— À la maison, dès demain, mon chéri, nous aurons deux flics et La Momie.

Aubin Imprimeur
LIGUGÉ, POITIERS

Achevé d'imprimer en septembre 1997
N° d'impression L 54676
Dépôt légal septembre 1997
Imprimé en France